The Charm of China's Countryside

Weiming Pan

中國農家

潘維明 攝影集

浙 江 人 民 美 術 出 版 社

中國農家

封面提字：史　浩

圖書在版編目(CIP)數據
中國農家／潘維明攝，—杭州：浙江人民美術出版社
2001.9
ISBN 7-5340-1219-8
Ⅰ.中... Ⅱ.潘... Ⅲ.攝影集—中國—現代
Ⅳ.J421
中國版本圖書館 CIP 數據核字(2001)第 054515 號

中國農家

潘維明 攝影集

責任編輯：程　勤
裝幀設計：程　勤
中文翻譯：徐小平
英文翻譯：韓邦凱

浙江人民美術出版社·出版·發行
(杭州市體育場路 347 號)

深圳利豐雅高電分製版有限公司　製版
利豐雅高印刷(深圳)有限公司　印刷
2001年9月第一版·　第一次印刷
開本：787 × 1092　　1/8 印張：22
印數：0.001-5,000

ISBN 7-5340-1219-8/J.1094
定價：398.00元

聚焦農家　豈止美哉

翻一翻這本集子，真驚嘆作者走了那麼多的地方，那麼多村落，那麼爲農家所吸引，所纏繞，所不能自己，欲罷而不止。

近年來，幾乎年年我都收到潘維明先生的《中國農家》攝影圖册，形式不同，內容不同，題目却不變。而這本大開本的集子，更是他歷年拍攝中國農家的心血結晶。雖然他已然旅居大洋彼岸，但未能忘懷忘情者亦未變也。中國農家之大之廣之稠密之無所不在，竟也如如來佛的手心，憑你翻去，總也是翻不出的——這就是我們所謂的情結吧！維明早年插隊江西農村，勞筋骨於紅土藍天之間，苦心志於窮鄉僻壤之途，吃農家飯，衣百姓衣，他的這番心志情結是可以想見的。

中國有着數千年的農耕文明，中國的家庭多數爲農家，即落户於城市者，亦必與農家有種種上下左右割而難割的關係。可否這樣認爲，中國農家即中國，即中國歷史，即中國的面容、風俗、個性，農家是我們最基本的生存狀態和生聚之所呢？現在維明用他手中的相機，聚焦於此，正是把我們的臉面、手足、胸膛、脊梁，乃至肺腑都記録下來，而且是十分藝術地記録下來了。

你看他從南到北，由西向東，無論沿海無論内地無論中原無論邊陲，他用小小含情的鏡頭竟也搜盡了無數與我們血肉相連的農村家園。黄河蒼涼之下的古老土舍，雲貴彩雲其間的脚樓山寨，北國雪裹冰抱的林中木屋，南國丘石相疊的海隅漁村，蘇杭一帶偎依於運河的小橋流水人家，以至羅列在漠漠草原上的如蓋篷帳和幽幽青山之中宛如詩之格律般美妙難言的徽派民居……真是百家雜陳，美不勝收。而就是居住生養其中的農人，世世代代胼手胝足含辛茹苦地哺育了我們。維明之所攝，不正也以這樣的圖像耳提面命於我們嗎！或者，他是在用冰冷的鏡頭爲我們留下一部可以保存的温柔的歷史。君不見現代化這匹偉大的機器，在大利於吾人的同時，正以其獨特的方式，既消除着古老的落後，也蠶食着那種温柔的古樸呢。

以我觀之，《中國農家》之於我們讀者是觀賞是警策，對於作者的維明却是愛好是藝術更是反哺焉。當然，作爲藝術的攝影，它又必須是技藝必在的。於斯，維明則是用精用勤，無往而不盡其智其力。我曾親見他在我的家鄉黄河入海處的灘塗蘆葦叢中爲了一縷光綫一個構圖而苦等苦思，再四校定，剃了髮的光頭冒着熱汗閃着光亮，其敬業之狀令人感動；又有些照片幾乎是在非常險境中求得。因之他的作品情景交融、技藝俱佳，於把握時機中不獨有很好的切入點，經營位置、用光採色都有自己的風格。現今國際上攝影流派紛呈，而維明的中國農家則也自成系列，成一家之美焉。

當此維明之新版《中國農家》付梓之際，這位勤奮的攝影家命我爲之作序，我雖然也有幾架相機，却真正是個外行，我想到他爲我的家鄉黄河口和大王鎮那麼用情地拍過許多照片，又豈容推辭，遂贅言如次。願手持畫册的讀者，喜歡《中國農家》！

謝春彦

二零零零年十二月於滬上淺草齋畫室

INTRODUCTION

The engine of change moves across China like a brush fire. In cities, buildings are torn down to make ways for high-rises and boulevards replace narrow streets. As the fashion changes and reforms take roots, China remains a country where eighty percent of its population is tied to the land. Those are the parts of China what Pan Weiming face to and focuses his lens at. It is not a matter of nostalgia but a spirit of renewal. In an ageless tradition, Chinese literati always finds inspiration from land itself.

Chinese farmland is both an examination of this part of heritage and a reflection of Mr. Pan's self. He approaches the subject as a man who has seen the world and as a country son who vents his own emotion through his camera. Following Chinese traditional view of the cosmos, Mr. Pan sees the land pulsating and dynamic as well as fragile and yielding. Through these images, we see a quiet and almost ageless beauty that defines Chinese civilization.

While Mr. Pan may have returned to the unchanging farmland for inspiration, the tools he uses reflect the other side of his boundless talent. Many images in the book were created using a PANFLEX camera that Mr.Pan himself to design and produce. His mastery of the camera allows him to produce pictures both visually stunning and esthetically complex. I am sure readers will share my enthusiasm in Mr. Pan's work and join me to wish him many success in whatever path he embarks.

Yuan Li
July 2001, Westfield, NJ, USA

迎接第四次世界妇女大会在北京召开！

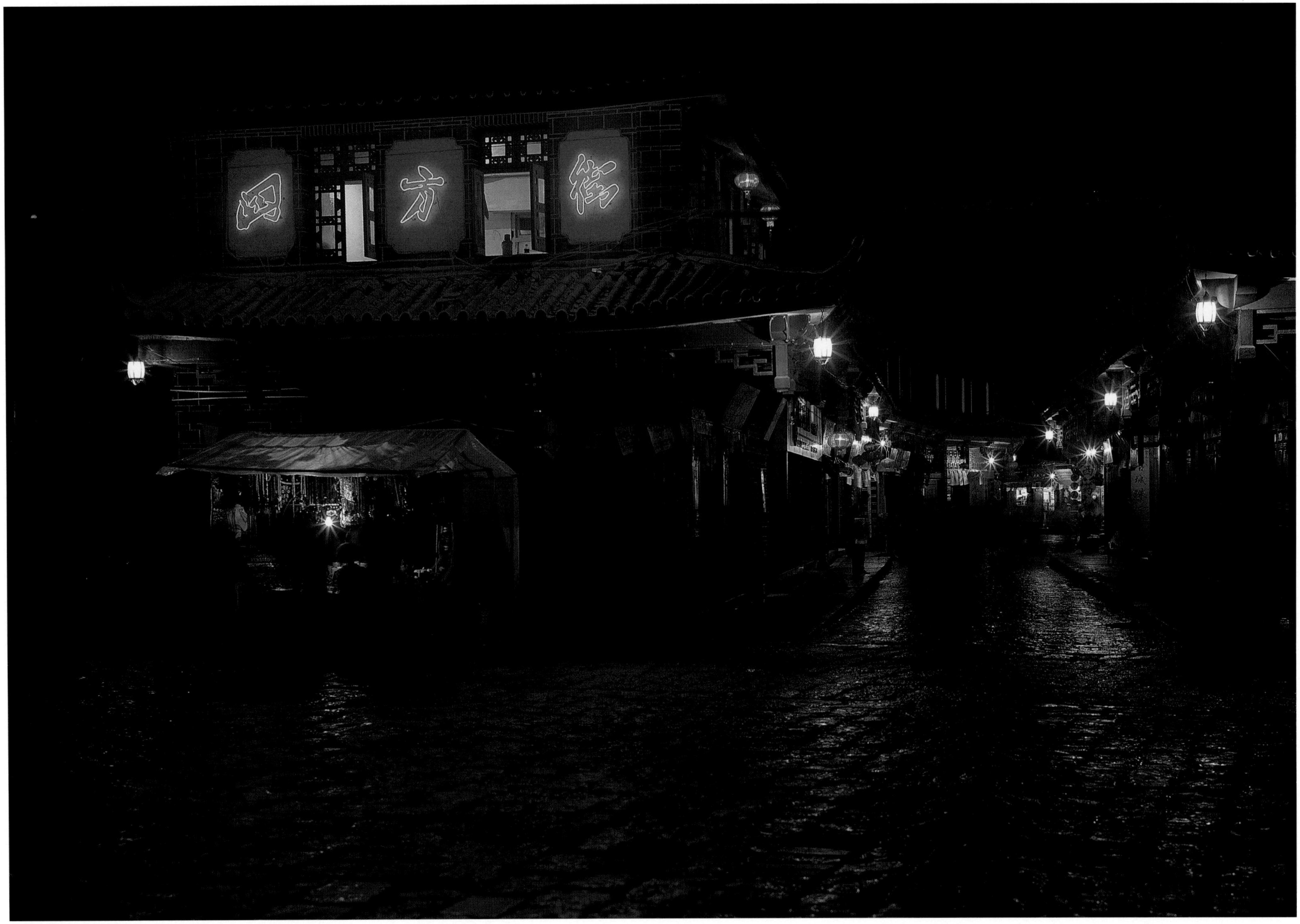
四方街

增歲月人增壽
滿乾坤福滿门

福
喜發財
福
福

泊驛站
Wandering artist Buong's
布農小屋
漂泊の駅亭 布農いおり

刻章舖

鲜鱼舫

昇平人瑞

电视剧《孫成打酒》拍摄点
荣获国家二等奖

阖家欢喜
窗对青山雄伟
古镇茶室
米豆腐 农家饭
豆腐果 瓜子

儿孫勤劳财满盆
国富民强年年丰

壶

101	小店鋪（江蘇昆山）	101	*Store (Kunshan, Jiangsu Province)*
102–103	銅器鋪（雲南麗江）	102-103	*Store of Copper Ware (Lijiang, Yunnan Province)*
104–105	早市（陜西韓城）	104-105	*Morning Market (Hancheng, Shaanxi Province)*
106–107	蠟染布店（雲南麗江）	106-107	*Store of Wax Printing Cloth (Lijiang, Yunnan Province)*
108–109	雜貨攤（浙江温嶺）	108-109	*Grocery (Wenling, Zhejiang Province)*
110	綢緞店（浙江温嶺）	110	*Store of Silk Fabrics (Wenling, Zhejiang Province)*
111	南貨店（貴州青巖）	111	*Store of delicacies from South China (Qingyan, Guizhou Province)*
112–113	農家客棧（雲南大理）	112-113	*The Country inn (Dali, Yunnan Province)*
114–115	客家古城（湖南鳳凰）	114-115	*Old Town of the Hakkas (Fenghuang, Hunan Province)*
116	集市暮色（雲南大理）	116	*Night Market (Dali, Yunnan Province)*

龙亭
韩城
陕·E
5273

商品标价签
零售价

菜油 皮蛋 盐巴
蜂糖 海带 粉条
花生 酱油

吊脚樓客栈

古城水上旅游路线
沿河景点

大展宏图

八方信士功德銘
农历戊寅年八月初五

有求必應
甘露有現音
隨緣樂助
功德無量
無量功德

買阡处
每一張
伍元

洞
與天同壽道人家

長生不老神僊府

佛

大理市海东乡金梭岛办事处39、40选区选民名单公布：
根据《中华人民共和国全国人民代表大会和地方各级人民代表大会选举法》和《云南省县乡两级人民代表大会代表选举实施细则》的规定，我39、40选区选民登记工作已经完毕，现将选民名单公布如下：
40选区
金梭島乡级换届领导小组
一九九九年九月八日

Sailing

食德
飲和

PHOTO BY XINGMING HU

作 者 簡 介

潘維明先生1949年生於浙江，長於上海。曾在江西農村生活八年，在青藏高原工作二年。1982年畢業於北京大學中文系文學專業。又回到上海工作十多年，現旅居美國紐約。

潘維明先生系中國攝影家協會會員。深厚的生活積累和文學素養，使他的作品自成一家，其風格在樸實、自然中蘊含深沉的文化思考，頗得圈內外人士的重視和好評。

近年來，潘維明先生游歷世界各地，但更鐘情於中國農村，其足迹深入到中國農村的角角落落，於是便有冠名“中國農家”的系列作品面世。

ABOUT THE PHOTOGRAPHER

Mr. Pan Weiming was born in 1949 in Zhejiang Province and grew up in Shanghai.He spent eight years in the countryside of Jiangxi Province and later worked on the Qinghai-Tibet Plateau for two years. In 1982, he graduated from the Chinese Department, Peking University with a bachelor degree in Chinese literature. Then he returned to Shanghai working there for more than ten years. He now lives in New York City.

Mr. Pan Weiming is a member of China's Association of Photographers. His accumulation of life experience and literary attainments have made his photographs strike out in a way of it's own. In his images, we can find deep cultural thinking hidden in the simple and natural style. They have caught the attention of photographers and public a like.

In recent years, Mr. Pan Weiming has been traveling all over the world. He is especially fond of the countryside in China and has been to it's every corner. Thus,we have the honor to enjoy this collection entitled "The Charm of China's Countryside".

多依河畔（雲南・羅平） P11
By the Duoyi River (Luoping, Yunnan Province)

Linhof Technika 4×5
Schneider Symmar 5.6/180
Fujichrome RVP 50, 4×5

冬　田（四川・稻城） P12–13
Fields in Winter (Daocheng, Sichuan Province)

PANFLEX T120 Panoramic
PANFLEX 3.8/50
Kodak Ektachrome EPP 100, 6×12

油菜花（雲南・羅平） P14–15
Rape Flowers (Luoping, Yunnan Province)

Linhof Technorama 617
Schneider Super–Angulon 5.6/90
Kodak Ektachrome E 100S, 6×17

伊犁河谷（新疆・巴音布魯克） P17–18–19
The Yili River Valley
(Bayinbuluke, Xinjiang Autonomous Region)

Linhof Technorama 617
Schneider Super–Angulon 5.6/90
Kodak Ektachrome E 100S, 6×17

長白山林區（吉林・白河） P20–21
The Changbaishan Mountain Forest
(Baihe, Jilin Province)

Linhof Technorama 617
Schneider Super–Angulon 5.6/90
Kodak Ektachrome EPP 100, 6×17

藏區壩子（雲南・中甸） P22–23
The Sandbank in Tibetan District
(Zhongdian, Yunnan Province)

Linhof Technorama 617
Schneider Super–Angulon 5.6/90
Kodak Ektachrome E 100SW, 6×17

怒江第一灣（雲南・貢山） P24–25
The First Turn of the Nujiang River
(Gongshan, Yunnan Province)

Linhof Technorana 617
Schneider Super–Angulon 5.6/90
Kodak Ektachrome E 100S, 6×17

梯　田（雲南・福貢） P26
Rice Terraces (Fugong, Yunnan Province)

Hasselblad 503CX
Carl Zeiss Sonnar 4/150
Kodak Ektachrome EPP 100, 6×6

高山梯田（雲南・福貢） P27
Alpine Rice Terraces (Fugong, Yunnan Province)

Hasselblad 503CX
Carl Zeiss Distagon 4/50
Kodak Ektachrome EPP 100, 6×6

牧　場（新疆・巴音布魯克） P28
Pastureland (Bayinbuluke, Xinjiang Autonomous Region)

Hasselblad 503CW
Carl Zeiss Sonnar 4/150
Kodak Ektachrome E 100S, 6×6

金沙江畔（雲南・麗江） P29
By the Jinsha(Gold Sand)River (Lijiang, Yunnan Province)

Hasselblad 503CX
Carl Zeiss Sonnar 4/150
Fujichrome RVP 50, 6×6

怒江香格里拉（雲南・貢山） P30–31
Shangri–La by the Nujiang River (Gongshan, Yunnan Province)

Linhof Technorama 617
Schneider Super–Anglon 5.6/90
Kodak Ektachrome EPP 100, 6×17

梯　田（雲南・元陽） P32
Rice Terraces (Yuanyang, Yunnan Province)

Leica M6
Summilux 1.4/35
Fujichrome Astia 100, 135

村落晨霧（安徽・黟縣） P35
Village in the Morning Mist
(Yixian County, Anhui Province)

Hasselblad 503CW
Carl Zeiss Sonnar 4/150
Kodak Ektachrome E 100SW, 6×6

農　舍（雲南・福貢） P36–37
Peasant's House
(Lisu Nationality, Fugong, Yunnan Province)

Linhof Technorama 617
Schneider Super–Angulon 5.6/90
Fujichrome Velvia 50, 6×17

古　村（安徽・黟縣） P38–39
Old Village (Yixian County, Anhui Province)

Linhof Technorama 617
Schneider Super–Angulon 5.6/90
Kodak Ektachrome E 100SW, 6×17

傍水村宅（江西・婺源） P40–41
Village by the River (Wuyuan, Jiangxi Province)

Linhof Technorama 617
Schneider Super–Angulon 5.6/90
Kodak Ektachrome E 200, 6×17

村　路（江西・婺源） P42–43
Village (Wuyuan, Jiangxi Province)

Linhof Technorama 617
Schneider Super–Angulon 5.6/90
Fujichrome Velvia 50, 6×17

夜　鎮（雲南・麗江） P44
Town in the Evening(Lijiang, Yunnan Province)

Linhof Technika 4×5
Technika–Apo–Lanthar 4.5/210
Kodak Ektachrome EPP 100, 4×5

卧　房（江蘇・蘇州） P45
Bedroom (Suzhou, Jiangsu Province)

Hasselblad 503CX
Carl Zeiss Planar 3.5/100
Kodak Ektachrome EC 100, 6×6

民　宅（安徽・黟縣） P46–47
Peasant's House (Yixian County, Anhui Province)

Linhof Technorama 617
Schneider Super–Angulon 5.6/90
Kodak Ektachrome E 200, 6×17

院　門（雲南・麗江） P48
Gate (Lijiang, Yunnan Province)

Hasselblad 503CX
Carl Zeiss Planar 3.5/100
Fujichrome Velvia 50, 6×6

卧　房（寧夏・銀川） P49
Bedroom (Yinchuan, Ningxia Autonomous Region)

Hasselblad 503CX
Carl Zeiss Biogon 4.5/38
Kodak Ektachrome EPP 100, 6×6

石　屋（浙江・温嶺） P50
Stone House (Wenling, Zhejiang Province)

Hasselblad 503CX
Carl Zeiss Distagon 4/50
Kodak Ektachrome EPX 100, 6×6

門　聯（浙江・玉環） P51
Gatepost Couplet (Yuhuan, Zhejiang Province)

Leica M6
Summilux 1.4/35
Kodachrome 25, 135

黨項古村（陝西・韓城） P52–53
Old Village of Dangxiang
(Hancheng, Shaanxi Province)

Linhof Technorama 617
Schneider Super–Angulon 5.6/90
Kodak Ektachrome EPP 100, 6×17

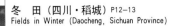

老　街（重慶・磁器口）P54-55
Old Street (Ciqikou, Chongqing Municipality)

Linhof Technorama 617
Schneider Super-Angulon 5.6/90
Kodak Ektachrome EPP 100, 6×17

村　舍（安徽・黟縣）P56-57
Village Houses (Yixian County, Anhui Province)

Linhof Technorama 617
Schneider Super-Angulon 5.6/90
Fujichrome Velvia 50, 6×17

田　舍（江西・婺源）P58-59
Farmhouses (Wuyuan, Jiangxi Province)

Linhof Technorama 617
Schneider Super-Angulon 5.6/90
Fujichrome Velvia 50, 6×17

草原人家（新疆・巴音布魯克）P60-61
Families on the Grassland
(Bayinbuluke, Xinjiang Autonomous Region)

Linhof Technorama 617
Schneider Super-Angulon 5.6/90
Kodak Ektachrome E 100SW 6×17

布農小屋（雲南・麗江）P62
House of the Naxi Peasants (Lijiang, Yunnan Province)

Hasselblad 503CX
Carl Zeiss Planar 3.5/100
Fujichrome Velvia 50, 6×6

古　鎮（雲南・麗江）P63
Old Town (Lijiang, Yunnan Province)

Hasselblad 503CX
Carl Zeiss Distagon 4/50
Fujichrome RHP 400, 6×6

宏村全貌（安徽・黟縣）P65-66-67
Panorimic View of Village Hong
(Yixian County, Anhui Province)

Linhof Technorama 617
Schneider Super-Angulon 5.6/90
Fujichrome Velvia 50, 6×17

邊城小巷（湖南・鳳凰）P68-69
Little Lane in a Remote Town
(Fenghuang, Hunan Province)

PANFLEX T120 Pauoramic
PANFLEX 3.8/50
Fujichrome RDP Ⅲ 100, 6×12

土　樓（福建・永定）P70
Building of Clay (Yongding, Fujian Province)

Hasselblad 503CX
Carl Zeiss Distagon 4/50
Fujichrome Velvia 50, 6×6

回　廊（福建・永定）P71
Winding Corridor (Yongding, Fujian Province)

Hasselblad 503CX
Carl Zeiss Distagon 4/50
Fujichrome Velvia 50, 6×6

傍水祖宅（江西・婺源）P72-73
Ancestors House By the River (Wayuan, Jiangxi Province)

PANFLEX T120 Panoramic
PANFLEX 3.8/50
Fujichrome RDP Ⅲ 100, 6×12

雙　橋（江蘇・昆山）P74-75
Double Bridge (Kunshan, Jiangsu Province)

Linhof Technorama 617
Schneider Super-Angulon 5.6/90
Fujichrome Velvia 50, 6×17

稻香村（福建・龍巖）P76-77
Village in Rice Fragrance(Longyan, Fujian Province)

Linhof Technorama 617
Schneider Super-Angulon 5.6/90
Fujichrome Velvia 50, 6×17

古鎮俯瞰（雲南・麗江）P78-79
Old Town's Overlook (Lijiang, Yunnan Province)

Linhof Technorama 617
Schneider Super-Angulon 5.6/90
Fujichrome Velvia 50, 6×17

寒村暮靄（黑龍江・穆棱）P80
Evening Mist Seen From a Village
(Muling, Heilongjiang Province)

Ziss Super-Ikonta
Carl zeiss tessar 3.5/105
Fujichrome RVP 50, 6×9

獨木舟（雲南・貢山）P83
The canoe (Gongshan, Yunnan Province)

Hasselblad 503CX
Carl Zeiss Distagon 4/50
Kodak Ektachrome EPP 100, 6×6

古驛道（貴州・青巖）P84-85
Ancient Courier Route(Qingyan, Guizhou Province)

Linhof Technorama 617
Schneider Super-Angulon 5.6/90
Kodak Ektachrome EPP 100, 6×17

黄河羊皮筏（寧夏・中衛）P86-87
Sheepskin Raft on the Yellow River
(Zhongwei, Ningxia Autonomous Region)

Linhof Technorama 617
Schneider Super-Angulon 5.6
Fujichrome Astia 100, 6×17

雨霽沱江（湖南・鳳凰）P88-89
The Tuojiang River After Rain
(Fenghuang, Hunan Province)

PANFLEX T120 Panouamic
PANFLEX 3.8/50
Fujichrome RDP Ⅲ 100, 6×12

石　橋（江西・婺源）P90-91
Stone Bridge (Wuyuan, Jiangxi Province)

Linhof Technorama 612 PC Ⅱ
Shneider Super-Angulon 5.6/65
Fujichrome RDP Ⅲ 100, 6×12

雙寧橋畔（浙江・紹興）P92-93
By the Shuangning Bridge
(Shaoxing, Zhejiang Province)

Linhof Technorama 617
Schneider Super-Angulon 5.6/90
Kodak Ektachrome E 100SW,6×17

古驛站（貴州・青巖）P94-95
Ancient Courier Station (Qingyan, Guizhou Province)

Linhof Technorama 617
Schneider Super-Angulon 5.6/90
Kodak Ektachrome EPP 100, 6×17

竹　橋（江西・婺源）P96-97
Bamboo Bridge (Wuyuan, Jiangxi Province)

Linhof Technorama 617
Schneider Super-Angulon 5.6/90
Fujichrome Velvia 50, 6×17

驢（陝西・洛川）P96-98
Donkey (Luochuan, Shaanxi Province)

Hasselblad 503CW
Carl Zeiss Distagon 4/50
Kodak Ektachrome EPP 100, 6×6

小店鋪（江蘇・昆山）P101
Store (Kunshan, Jiangsu Province)

Hasselblad 503CX
Carl Zeiss Sonnar 4/150
Kodak Ektachrome EPP 100, 6×6

銅器鋪（雲南・麗江） P102–103
Store of Copper Ware(Lijiang, Yunnan Province)

Linhof Technorama 617
Schneider Super–Angulon 5.6/90
Fujichrome Velvia 50, 6×17

早　市（陝西・韓城） P104–105
Morning Market (Hancheng, Shanxi Province)

Linhof Technorama 617
Schneider Super–Angulon 5.6/90
Kodak Ektachrome EPP 100, 6×17

臘染布店（雲南・麗江） P106–107
Store of Wax Printing Cloth(Lijiang, Yunnan Province)

PANFLEX T120 Panoramic
PANFLEX 3.8/50
Kodak Ektachrome EPP 100, 6×12

雜貨攤（浙江・溫嶺） P108–109
Grocery (Wenling, zhejiang Province)

Linhof Technorama 617
Schneider Super–Angulon 5.6/90
Kodak Ektachrome EPP 100, 6×17

綢緞店（浙江・溫嶺） P110
Store of Silk Fabrics (Wenling, zhejiang Province)

Leica M6
Summilux 1.4/35
Kodachrome 25, 135

南貨店（貴州・青巖） P111
Store of delicacies from South China
(Qingyan, Guizhou Province)

Hasselblad 50CX
Carl Zeiss Distagon 4/50
Fujichrome Velvia 50, 6×6

農家客棧（雲南・大理） P112–113
The Country inn (Dali, Yunnan Province)

PANFLEX T120 Panoramic
PANFLEX 3.8/50
Kodak Ektachrome E100VS, 6×12

客家古城（湖南・鳳凰） P114–115
An Old Town of the Hakkas
(Fenghuang, Hunan Province)

PANFLEX T120 Panorama
PANFLEX 3.8/50
Fujichrome RDPⅢ 100, 6×17

集市暮色（雲南・麗江） P116
Night Market(Lijiang, Yunnan Province)

Linhof Technika 4×5
Technika–Apo–Lanthar 4.5/210
Kodak Ektachrome EPP 100, 4×5

織布機(雲南・羅平) P119
Weaving Loom (Luoping, Yunnan Province)

Leica M6
Summilux 1.4/35
Fujichrome Velvia 50, 135

歸　港（浙江・溫嶺） P120–121
Back to the Port (Wenling, Zhejiang Province)

Linhof Technorama 617
Schneider Super–Angulon 5.6/90
Kodak Ektachrome EPP 100, 6×17

蒔　田（安徽・黟縣） P122–123
Transplanting Rice Seedlings
(Yixian County, Anhui Province)

Linhof Technorama 617
Schneider Super–Angulon 5.6/90
Kodak Ektachrome E 200, 6×17

曬谷(江西・婺源) P124–125
Drying Grain(Wuyuan, Jiangxi Province)

Linhof Technorama 617
Schneider Super–Angulon 5.6/90
Fujichrome Velvia 50, 6×17

草　灘（陝西・靖邊） P126
Flooded Grassland(Jingbian, Shaanxi Province)

Hasselblad 503CW
Cari Zeiss Tele–Tessar 5.6/350
Fujichrome Astia 100 6×6

漁　港（浙江・溫嶺） P127
Fishing Port(Wenling, Zhejiang Province)

Hasselblad 503CW
Carl Zeiss Sonnar 4/150
Kodak Ektachrome EPP 100, 6×6

割　稻（江西・上饒） P128–129
Rice Cutting(Shangrao, Jiangxi Province)

PANFLEX T120 Panorama
PANFLEX 3.8/50
Fujicolor 100, 6×12

黃河船家（山東・廣饒） P130–131
Boatmen on the Yellow River
(Guangrao, Shandong Province)

PANFLEX T120 Panoramic
PANFLEX 3.8/50
Fujichrome RVP 50, 6×12

水　鄉（浙江・嘉善） P132
Waterside Village(Jiashan, Zhejiang Province)

Leica M6
Summilux 1.4/3.5
Fujichrome RVP 50, 13

藏族人家（四川・稻城） P133
Tibetan Families(Daocheng, Sichuan Province)

PANFLEX T120 Panoramic
PANFLEX 3.8/50
Kodak Ektachrome EPP 100, 6×12

群　鵝（吉林・通化） P134
Geese(Tonghua, Jilin Province)

Hasselblad 503CX
Carl Zeiss Distagon 4/50
Kodak Ektachrome EPP 100, 6×6

香　爐（浙江・溫嶺） P137
Incense Burner(Wenling, Zhejiang Province)

Hasselblad 503CX
Carl Zeiss Sonnar 4/150
Fujichrome Velvia 50, 6×6

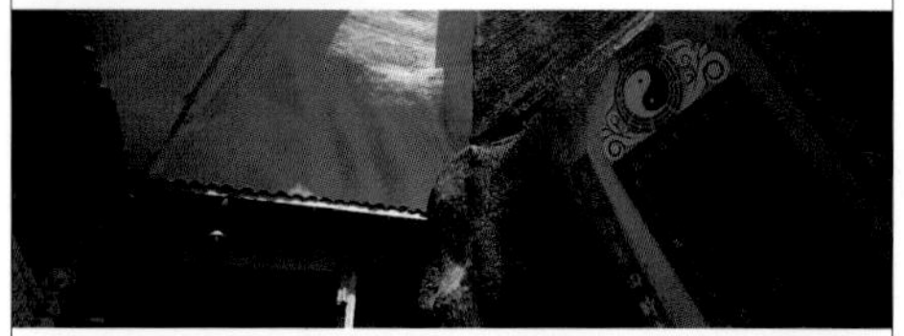

道　觀（浙江・溫嶺） P138–139
Taoist Temple(Wenling, Zhejiang Province)

Linhof Technorama 617
Schneider Super–Angulon 5.6/90
Fujichrome Astia 100, 6×17

教堂暮色（雲南・大理） P140–141
Church in Twilight(Dali, Yunnan Province)

Linhof Technorama 617
Schneider Super–Angulon 5.6/90
Kodak Ektachrome E 100SW, 6×17

寺院講經（江西・上饒） P142–143
Expounding the Texts of Buddhism
(Shangrao, Jiangxi Province)

PANFLEX T120 Panoramic
PANFLEX 3.8/50
Fujichrome Velvia 50, 6×12

道　觀（浙江・溫嶺） P144–145
TaoistTemple in the Mountains
(Wenling, Zhejiang Province)

Linhof Technorama 617
Schneider Super–Angulon 5.6/90
Kodak Ektachrome EPP 100, 6×17

清真寺（河北・廊坊） P146–147
Mosque(Langfang, Hebei Province)

Linhof Technorama 617
Schneider Super–Angulon 5.6/90
Fujichrome RVP 50, 6×17

噶旦松贊林寺（雲南・中甸）P148–149
Gardensongzaliu Temple
(Zhongdian, Yunnan Province)

Linhof Technoramar 617
Schneider Super–Anglon 5.6／90
Fujichrome RVP 50, 6× 17

三星廟（雲南・大理） P150–151
The Three–Star Temple
(Dali, Yunnan Province)

Linhof Technoramar 617
Schneider Super–Anglon 5.6／90
Fujichrome RVP 50, 6× 17

廟 祝（浙江・温嶺） P152
Temple Attendant(Wenling, Zhejiang Province)

Leica M6
Summicron 2／90
Kodak Ektachrome E 100S, 135

社 戲（雲南・大理） P155
Village Theatrical Performances(Dali, Yunnan Province)

Hasselblad 503CW
Carl Zeiss Distagon 4／50
Kodak Ektachrome EPX 100, 6× 6

紙 人（貴州・花溪） P156
Men Made of Paper(Huaxi, Guizhou Province)

Hasselblad 503CW
Carl Zeiss Sonnar 4／150
Fujichrome Astia 100, 6× 6

冥 供（貴州・青巖） P157
Oflerings(Qingyan, Guizhou Province)

Hasselblad 503CW
Carl Zeiss Distagon 4／50
Fujichrome Astia 100, 6× 6

堂 屋（浙江・寧海） P158
The Central Room(Ninghai, Zhejiang Province)

Hasselblad 503CW
Carl Zeiss Sonnar 4／150
Kodak Ektachrome E 100SW, 6× 6

漁家女（福建・崇武） P159
Fishing Girls(Chongwu, Fujian Province)

Hasselblad 503CW
Carl Zeiss Sonnar 4／150
Fujichrome Velvia 50, 6 × 6

賽龍舟（雲南・大理） P160–161
Dragon–Boat Race(Dali, Yunnan Province)

Linhof Technorama 617
Schneider Super–Angulon 5.6／90
Fujichrome Astia 100, 6× 17

農家娃兒（海南・三亞） P162
Village Children (Sanya, Hainan Province)

PANFLEX T120 Panoramic
PANFLEX 3.8／50
Fujichrome RHP 400, 6 × 12

祖孫倆（雲南・貢山） P163
Grandpa and Grandson(Gongshan, Yunnan Province)

Hasselblad 503CW
Carl Zeiss Sonnar 4／150
Kodak Ektachrome EPP 100, 6× 6

澡堂會（雲南・六庫） P164
Traditional bath in hot spring(LiuKu, Yunnan Province)

Hasselblad 503CW
Carl Zeiss Sonnar 4／150
Kodak Ektachrome EPP 100, 6× 6

苗家少女（貴州・雷縣） P165
Yong Girl of the Miao Nationality
(LeiXian County, Guizhou Province)

Hasselblad 503CW
Carl Zeiss Sonnar 4／150
Fujichrome Velvia 50, 6× 6

村 學（江西・新淦） P164–165
Village School(Xingan, Jiangxi Province)

PANFLEX T120 Panoramic
PANFLEX 3.8／50
Fujichrome RDP 100, 6× 12

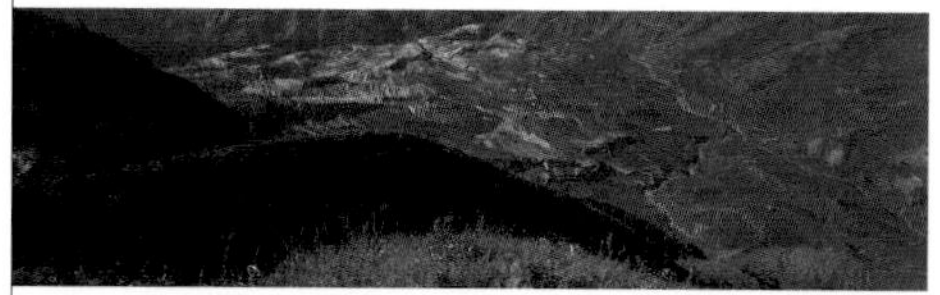

梯 田（雲南・元陽） 封面
Rice Terraces(Yuanyang, Yunnan Province)

Linhof Technorama 617
Schneider Super–Anglon 5.6／90
Fujichrome RVP 50, 6× 17

梯 田（雲南・元陽） 扉頁
Rice Terraces (Yuanyang, Yunnan Province)

Linhof Technorama 617
Schneider Super–Augulon 5.6／90
Fujichrome Velvia 50, 6× 17